나도 별이 되겠지

글,그림 나나용

별이 된 나의 엄마에게.

저는 당신을 기억합니다.

나도 별이 되겠지

글, 그림 나나용

안녕하세요, 여러분.

이 책을 펼쳐줘서 고마워요. 제 마음이 담긴 책이 누
군가에게 읽힌다는 건 아주 설레는 일이에요.

저는 여러분이 그동안 그리웠어요.

만난 적이 없는데 어떻게 그리울 수 있냐고요? 사랑과
상상력만 있다면 그리울 수 있어요. 그리움이라는 건
누군가가 내 마음에만 존재할 때 생겨나지요.

저는 그래서 늘 그리워요. 더 깊어졌을 팔자주름, 발
맞춰 보러 갔을 공연, 한 식탁에서 함께 먹었을 음식
들이요.

　　　　　혹시 여러분도 누군가가 그리우세요?

아직 그리운 사람이 없다면, 그것도 괜찮아요. 사랑과 아픔이 함께 하듯이, 그리움도 아프니까요.

그런데 만약 누군가가 그립다면, 그 그리움을 잊어버리지 마세요. 그래야만 그 누군가를 향한 나의 사랑이 계속 지속되거든요. 그래야만 나의 사랑이 없어지지 않아요.

이제 여러분에게 한 소녀와 어느 외로운 별과 그리움에 대한 이야기를 들려드릴게요. 소녀와 별의 마음이 여러분에게도 전달되기를 바라요. 그리고 여러분이 가진 희망과 그리움을 절대 잃지 않기를 바라요.

감사합니다.
나나용 올림.

난 어디서 온 걸까?

늘 기억할 수 있게.

나를 찾고 싶을 때,

언제든지 나를 찾을 수 있게.

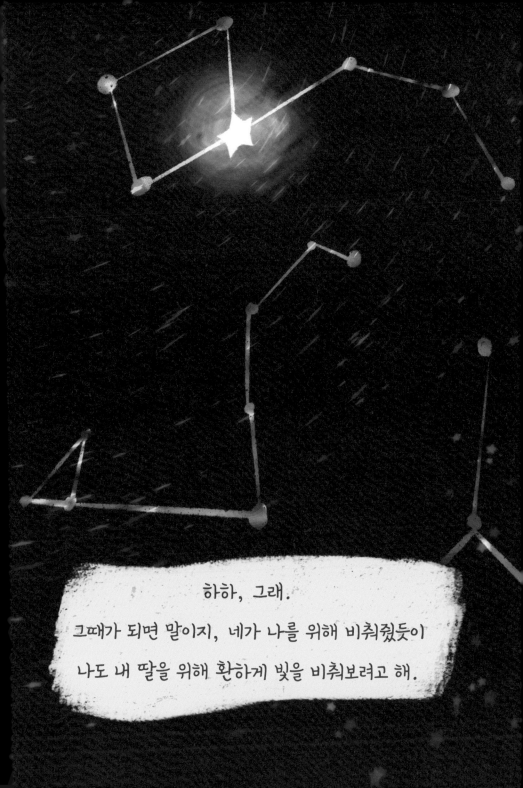

하하, 그래.

그때가 되면 말이지, 네가 나를 위해 비춰줬듯이

나도 내 딸을 위해 환하게 빛을 비춰보려고 해.

혹시, 별이 되어도 날 찾아줄 거니?

응, 하늘에 뜬 별 중에서 가장 반짝이는 별을 찾으면
너를 금방 찾을 수 있을 거야.

네가 날 쉽게 찾을 수 있게 빛을 환히 비출게!

음… 할머니라는 건,
나도 머지않아 별이 될 거라는 의미지.

너의 엄마가 별이 된 것처럼?

그래… 우리 엄마가 별이 된 것처럼.

할머니가 뭐야?

별아, 안녕? 또 나야.

어, 안녕!
그런데… 너 맞아?
목소리가 또 달라졌는데?

그래, 이제 할머니니까 다르겠지.

…할머니?

그래, 할머니.

날 기억할 수 있도록.

나를 다시 찾을 수 있도록.

내가 환하구나.

더, 더 많이 환해져야겠다.

아, 아니….

어렸을 때는 엄마가 별이 됐다는 걸 진짜로 믿었지, 뭐야.

찾겠다고 시간 낭비한 거지, 뭐….

아니지! 덕분에 널 만나게 됐잖아?

응!

그런데 너 정말 작은 거 알아?

너, 다시 찾기 되게 어려웠어.

여러 번 허탕 쳤는데도 그때 너랑 대화했던 게

기억에 남아서 정말 열심히 찾았어.

그렇구나, 열심히 찾아줘서 고마워….

내가 그렇게 작아?

응, 넌 정말 작아.

그렇지만 다른 별보다 훨씬 환하게 빛을 비춰서,

딱 보자마자 너라는 걸 바로 알았어!

그렇지만 목소리가 다른데…?

그때는 아기 때였고
지금은 시간이 얼마나 지났는데,
당연히 목소리가 다르겠지!

그런 거구나! 엄마는 찾았어?

아, 아니. 못 찾았어.
그런데 이제 나도 엄마가 됐지, 뭐야!

엄마가 됐다고?

그래, 나도 누군가를 낳아서 기르는 엄마가 되었어.

그렇구나.
그러면 아직도 너의 엄마를 찾고 있어?

응…?

누구지? 새로운 목소리인데?

나를 찾았다고? 나를 알아?

나야, 나!
엄마를 찾던 그 꼬마!

엄마를 찾던 그 아이, 그 아이가 보고 싶다.

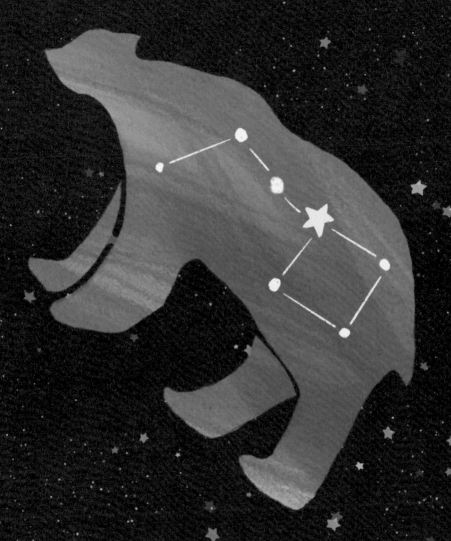

가버렸다. 나를 찾아준 유일한 존재가.

누군가를 그토록 찾는 마음이란,

도대체 어떤 느낌일까?

그럼, 난 빨리 엄마를 찾아야 하니까 다음에 봐!

...잠, 잠시만!

근데 너는 날 어떻게 찾은 거야?

망원경으로 찾았지!

...그렇게 찾고 싶은 존재야?
엄마라는 게?

당연하지!
엄마는 내가 좋아하는 반찬도 해주고,
빨래도 해주고, 학교에 바래다주고,
책도 읽어주고...
그런데 하늘에 별이 이렇게나 많은데
어느 세월에 찾지?

별?

그래, 너처럼 말이야.

아... 엄마가 아니구나....

넌 누구야?
그리고... 엄마, 엄마가 뭐야?

엄마가 뭐냐니? 이상한 애네...
낳아주고 길러주는 그런 엄마말이야.

낳아주고 길러주고...?
난 그런 거 몰라. 난 눈을 떠보니 혼자였어.

그렇구나....
엄마가 있으면 꽤 좋아.
어제 우리 엄마가 별이 됐대.

거… 거기 누가 있어?

우리 엄마 맞아?

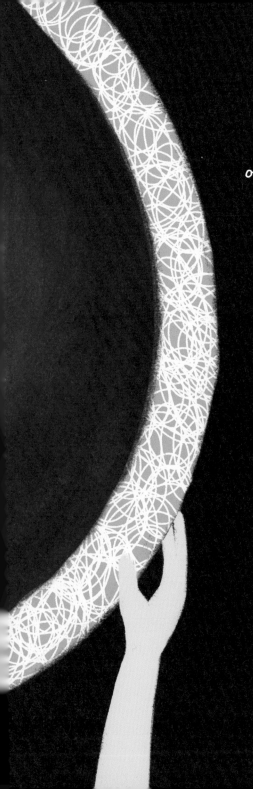

어?

소리가 들렸는데?
처음 들어보는 목소리야.

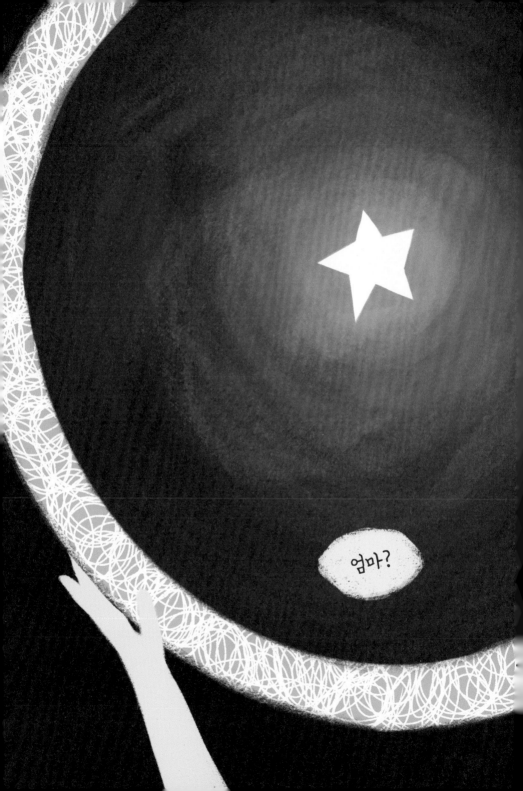

주변에 보이는 불빛들이 생기고 없어지는 걸 보면,

나도 언젠가 없어지는 걸까?

저 멀리 희끗거리는 것들도 나와 같은 존재일까?

정신 차려보니 살아있었어.

눈을 떠보니 우주 속에서 헤매고 있었고,

활활 타고 있는 나 자신을 마주하게 됐지.

아니면 그냥 원래 있던 걸까?

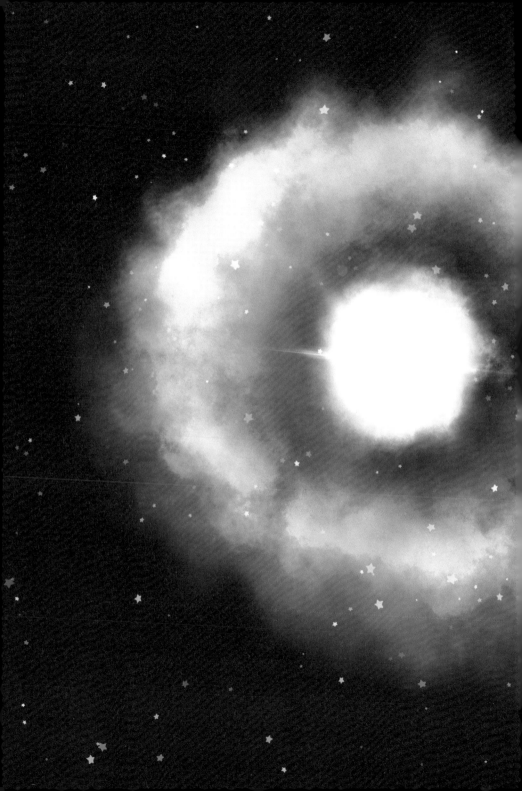

나도 별이 되겠지

초판 1쇄 발행 2023년 6월 14일

글, 그림 나나용
펴낸이 서용재
펴낸곳 나나용북스   **출판사등록** 2023-000070 (2023년 03월 24일)
이메일 nanayongbooks@gmail.com
인스타그램 @nanayongbooks
네이버 스마트스토어 https://smartstore.naver.com/nanayongbooks

값 15,000원
ISBN 979-11-982752-2-6